가을은 사랑하기 좋은 계절이다

김 태 광 시 집

가을은 사랑하기
좋은 계절이다

시너지북

한 사람만을 깊이 사랑하는 것은 고통 속을 걷는 것과 같습니다. 통증을 멈추게 해 줄 약 하나 없는 고통. 하지만 그 누가 시키지 않아도 스스로 원한 고통인데 어찌하랴. 가장 힘든 고통은 그대가 미치도록 그리울 때 참아야 한다는 것입니다. 그러나 아무리 심한 고통도 그대를 만나면 씻은 듯이 낫습니다. 그대는 나의 '사랑'입니다. 그대라는 사랑은 세상에서 가장 신비롭고도 아름다운 '눈물꽃'입니다.

2017년 8월

김태광

1 장
그 리 움 에 눈 이 부 시 다

2 장

그대, 얼마나 더 기다려야 합니까

3 장

십 이 월 의　사 랑

4장

조금만 더 천천히 사랑했더라면

1장

그
리
움
에

눈
이

부
시
다

양파

홀로 방 안에서 양파를 까 본 적이 있더냐.
양파 껍질이 하나씩 벗겨질 때마다
그렇게, 눈물 흘렸던 적이 있더냐.
사랑이란 양파를 까는 일.
두 손으로 고이 양파 껍질을 벗기는 일.
벗기고 벗기다 그 그리움에
눈물 펑펑 쏟아내는 일이네.
양파를 까다 겹겹이 쌓여 있는 껍질 속,
그대와의 추억을 생각하다
자꾸만 눈물이 흘렀네.
내 가진 눈물 다 쏟고 말았네.
오늘은 양파를 까다,
평생 흘릴 눈물 다 흘리고 말았네.

포옹

날은 어두웠고 이미 싸늘해져 있었다.

역사에서 그대와 나는 우표처럼 붙어 있었다.

12월의 바람은, 자꾸만 우리의 마음속으로 새어 들어왔다.

그대를 배웅하러 나섰다가

다시 따라나선 낯, 선, 이, 별.

창밖, 겨울 나뭇가지 사이로

맑은 별빛이 그대 머리카락처럼 흘러내렸다.

그것은 꺼지지 않는 사랑이었다.

기차 안에서의 뜨거운 포옹, 짧은 입맞춤 속에서

내 생애는 금이 가고 흔들리고 있었다.

그대를 보내고 그림자 되어

혼자 돌아오는 대구행 기차 안에서,

나는 세상 가장 무거운 생각 하나와 싸워야 했다.

새벽, 잠든 기차 안에서 그 생각을

그리움이라, 사랑이라 단정 지었다.

그대가 밤보다 더 깊은 잠에 취했을 때

나는 대구 역사를 나오며

계단 하나하나마다 꽃씨를 영원처럼 심고 있었다.

순간, 그림자보다 길어진 그리움 위에

별 하나 떨고 있었다.

그리움에 눈이 부시다

어느덧 나는 그리움에 떨고 있었다.
퇴근 후, 돌아오는 밤하늘에는
팝콘 같은 별들이 피어났고,
그 속에서 끝없이 행복이 쏟아지고 있었다.
이 행복은 내 생애에서 몇 안 되는 섬뜩한 우박이리라.
허나 내 청춘은,
종이봉지에 들어 있는 식어 버린 붕어빵
몇 번 들으면 금세 질리는 한낱 유행가
오늘은 근심처럼 쌓인
온갖 독촉장을 생각지 않기로 했다.
밤하늘에는 거짓말처럼 별이 떠 있고
천형天刑 같은 그리움에 눈이 부시누나.
절망에 내 영혼이 식어 갈지라도
그대 하나만 사랑하리라.

시월에 내리는 눈

낮게 엎드려 있는 횡단보도에
잠시, 얕은 쉼표를 찍듯 행인들이 서 있다.
나는 검은 공기 냉각되는 정지된 시간 속에서
이미 정해진 손금 같은,
이름을 지우며 총신처럼 서 있다.
밤하늘엔 희망은 다 어디 가고,
소금 같은 절망만 내려……
기다리고, 기다리고,
그 속에서 수순隨順한 꽃이 피어,

목이 말라 쩍쩍 갈라진 논바닥처럼

내가 배당받은 인연은,

긴 침묵 같은 것.

그리하여 그 어떤 것조차 소리가 되지 못한다.

이런 침묵은 시월에, 그것도

모든 생명체들이 쓸쓸한 울음을 터뜨릴 때

그 흔한 이름 하나 없는,

가슴에는 때 아닌 눈이 내린다.

나는, 눈물에다 마이신 몇 알을 삼키듯

사랑에게 그저 쓴웃음 지을 뿐이다.

흔들리며 방황하는 것은

강가에 서 있는 갈대가
이리저리 흔들리는 것은
바람이 불기 때문이다.
갈대가 흔들리면서 울음을 터뜨리는 것은
그 바람이 자꾸만 어디론가
떠나려 하기 때문이다.
세상에 서 있는 내가
흔들리며 방황하는 것은
내 마음속, 그대가 바람처럼 불기 때문이다.
내가 밤마다 별빛처럼 스러지는 것은
그대가 자꾸만 나에게서
세월처럼 멀어지려 하기 때문이다.

부끄러운 사랑

그동안 내가 했던 사랑은
부끄러운 사랑이었네.
길가에 버려져 있는
휴지 조각 한번 주운 적 없는 나에겐
사랑조차 부끄러울 수밖에 없었네.

때론 사람을 사랑한다는 것이

이처럼 부끄러울 수 있다는 것에

나는 한없이 절망했네.

사랑하는 사람을 곁에 두고서

마음속으로 몰래 이별 준비를 해야만 했던

나의 모습은,

너무나 부끄러운 모습이었네.

이별도 사랑이라며

그대의 등을 떠밀던 나의 모습은

세상에서 가장 부끄러운 모습이었네.

그동안 내가 했던 사랑은

부끄러운 사랑이었네.

내가 슬픔이 되어 그대에게로

세상에 수많은 길이 있지만
그대에게 가는 길은
단 한길뿐이었네.
온통 슬픔으로 뒤덮인 채
한 치 앞도 보이지 않는 길
오직 그 길뿐이었네.

먼발치에 서 있는 산처럼
나는 늘 그대 마음 바깥에 서 있어야 했네.
그대 마음속으로 들어갈 수 없는 난
항상 추위와 외로움에 눈물을 떨구어야 했네.
세상에 수많은 길로 사람들이 떠나갔지만
그대에게 닿을 수 있는 길은
어디에도 없었네.

내가 그대를 사랑하는 것은

결코 오를 수 없는 산을 바라보는 것.

이런 나의 마음속엔 언제나

빗물이 고이듯

슬픔만 잔뜩 고이고 있었네.

그대에게 가는 길

산 입구에 서 있는 안내 표시판처럼
도로의 갈림길에 서 있는 이정표처럼
내가 그대를 찾아 나서는 길에
그대 흔적이라도 묻어 있었으면 좋겠다.
아무리 걷고 걸어도 구름만 가득한 산만 보일 뿐
안개가 자욱한 강만 내 앞에 놓일 뿐
어디에도 그대는 보이지 않네.

겨울비에 온몸이 폭삭 젖기도
한 치 앞도 보이지 않는 어둠에 길을 잃기도
그대에게 가는 길은,
언제나 참을 수 없는 슬픔이었고
멈출 수 없는 눈물이었네.

하지만, 이렇게 한없이 가다 보면
그대에게 닿을 날 있으리라.
수많은 길을 더듬으며 가다 보면
언젠가 그대를 다시 만날 날 있으리라.
그렇게 마음속으로 다짐하면서
지금의 내가 할 수 있는 일이라곤
이방인이 되어 거리로 나서는 일밖에는.

그대와 나 사이엔

새들에겐 휴전선이 없다.
언제든지 가고 싶은 곳으로 훨훨 날아갈 수 있는
날개가 있기 때문이다.
들에서 곡식을 주워 먹다 일제히 비상하는 새들은
나에게 너무나 부러운 존재였다.
걸어서 그대에게 닿을 수 없다면,
저 새들처럼 훨훨 날아서라도
그대에게 닿고 싶다.

같은 하늘 아래 사는
그대에게 다가가고 싶어도
그대와 나 사이엔, 보이지 않는
휴전선이 그어져 있기에
그저 같은 하늘 아래 산다는 것만으로
내 그리움을 삭여야만 했다.
마음 한번 굳게 먹고, 다가갈 수도 있으나
그대에겐 너무나 가혹한 아픔이기에

나는 날마다 그리움의 날개만

펼쳤다, 접었다 하다

결국, 내 존재의 이유까지 접고 마는.

한 사람만을 사랑한다는 것은

한 사람만을 사랑한다는 것은
말 없는 기다림의 자세로 서 있는
나무의 흉터 같은 것.
숱한 바람이 나뭇가지를 뒤흔들고
달콤한 밀어 같은 빗물이 나뭇가지를 적셨지만
그 바람이 지나간 자리에는
그 빗물이 내린 자리에는
뻥 뚫린 가슴 같은 흉터만 남았다.

한 사람만을 사랑한다는 것은

이미 오래전,

마음속에 새겨진 흉터 같은 것.

어릴 적, 넘어진 무릎의 흉터처럼

내 사는 날 동안 영영 사라지지 않을

사랑의 편린들이여.

내가 지금 숨 쉬고 있다는 것은

아직도, 나의 마음이

한 사람만을 깊이 품고 있다는 뜻이다.

부끄러운 사랑 2

문득 창밖을 보는데 비가 내리더군요.
내 마음속을 저벅저벅 걸어오던 그대처럼.
가만, 내리는 것은 비가 아니라
그대였습니다.
새벽부터 내리기 시작한 그대는
오후 늦게까지 멈추지 않았지요.
또 어떤 날, 그대는 맑은 햇살로
팔랑이는 나뭇잎에 앉아 웃고 있습니다.
이렇듯 그대는 하늘과 땅 사이에
가득 차 있는 것입니다.
그렇습니다……
나는 눈앞의 그대만 보았던 것입니다.
가까이 있지 않은 그대를 원망만 한
나 자신이 한없이 부끄러워졌습니다.

사랑은 슬픈 꽃잎 되어

왜 우리가 홀로 서는 연습을 날마다 하는지
들판에 고독의 무게로 서 있는 나무처럼
날마다 서로의 마음속에 그리움을 심고 사는지
햇살처럼 쏟아지는 별빛이
뜨거운 눈물처럼 우리의 가슴을 적시는지
나는 그대를 사랑하면서
조금씩 이해하게 되었네.

뜨거운 가슴으로
시인의 방식으로 사랑을 해선
그리움도 고통이 되나니
그대를 사랑하지만 끝내 보낼 수밖에 없었던
그날들은 슬픈 꽃잎 되어
나의 마음속에 눈물처럼 떨어져 있다.
사랑을 받는 자보다 사랑을 하는 자의 모습이
언제나 찬란한 햇빛처럼 아름다운 것도
진실로, 고통을 감싸 안는 헌신 때문이리라.

사랑은 짧은 날 동안

세상의 모든 환희와 기쁨을 알게 해 주었고

또한, 세상의 모든 슬픔과 고통만 남겨 놓고 떠났다.

그대는 가고 없지만

사랑은 언제나 슬픈 꽃잎처럼

나의 마음속에 눈물처럼 떨어져 있네.

내가 죽어서도 사랑할 당신

세상에서 가장 슬픈 일은
당신을 잊지 않으려 애쓰는
나의 이런 모습을 외면하는 일.
나는 당신을 보내고 나서 가슴으로 우는 법을 배웠고
그 흐느낌은 당신에게 가 닿지 못한 채
내 속에 남아 뜨거운 노래로 불리네.

혼자서 사랑을 잊기 위해
한시도 떠나지 않는 그리움을 버리기 위해
일부러 다른 사람을 만나기도
많은 밤을 술에 젖기도 했건만
외려, 당신은 내가 살아 있는 한 지울 수 없는
지문처럼 내 마음속에 각인되어 있다.

당신과의 짧았던 사랑에 비해

너무나 무거운 형벌, 그리움.

내가 죽어서도 사랑할

그저 살아 있다는 것만으로 위안이 되는 단 한 사람.

당신…….

굽은 나뭇가지가 되라

살면서 가슴까지 차오르는
아픔을 느꼈던 적이 있는가.
아픔이 아픔으로만 보일 때 그땐 모른다.
때론, 아픔이 고귀한 양식이 된다는 것을.
가을날, 안개 속의 코스모스를 본 적이 있는가.
뜨거운 햇빛을 온몸으로 받아냈기에
저처럼 아름다운 향기로 곱게 필 수 있었다.

길가에 서 있는 나무를 보라.
곧은 나뭇가지보다 굽은 나뭇가지가 더 많다.
그리고, 곧은 나뭇가지보다 굽은 나뭇가지에
그늘이 더 많은 법이다.
새들도 곧은 나뭇가지보다
굽은 나뭇가지에 날아와 앉는다.

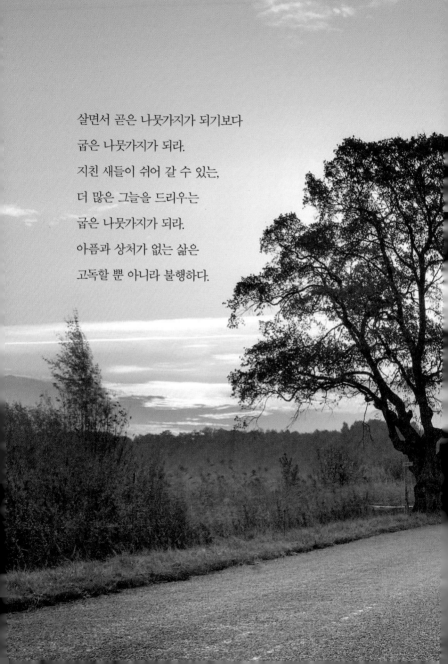

살면서 곧은 나뭇가지가 되기보다
굽은 나뭇가지가 되라.
지친 새들이 쉬어 갈 수 있는,
더 많은 그늘을 드리우는
굽은 나뭇가지가 되라.
아픔과 상처가 없는 삶은
고독할 뿐 아니라 불행하다.

그대를 사랑한다는 말은

그대를 사랑한다는 말은
그동안 하나 되기 위해
많은 슬픔과 눈물을 배웠다는,
사랑이라는 고귀한 보석을 얻기 위해
수없이 많은 밤을 지새우며
외로운 마음을 찢고 또 찢었다는 말.

사랑은 필요하다고 누구나 얻을 수 있는
값싼 장식품이 아니네.
그대 생각에
끝없는 그리움이란 편지지 위에 쓰인
나의 흔적들이
나의 마음과 눈물에
사랑이라는 감정으로 점점 번지게 되는 것.
결국 그대의 마음까지
내 마음이 번지고 마는 것.

그대를 사랑한다는 말은

나의 가슴속에 끊임없이

그리움의 낙엽이 쌓이고 있다는 말.

답을 알 수 없는

문제를 풀기 위해 써 내려간 나의 흔적들을

지우개로 지우고

또 지우고 한다는 말.

그대를 사랑한다는 말은.

그대를 사랑합니다

하늘에 노을빛이 가득할 때쯤
그대 손이 나의 손에 살며시 잡혀 왔을 때
얼마나 가슴 떨리던지
하지만 그 떨림 속에서 나도 모를 감정이
그대 손을 잡은 나의 손에서
온몸으로 번져 가고
그렇게 그대를 사랑하게 되었습니다.

그대를 만나면서 수양이 덜 된
나의 마음들을 나무라기도 하고
욕심이 지나칠 때는
그 마음들을 죽여 버리기도 했습니다.
나를 위하기보다
그대 웃는 모습이 더 보고 싶고
그 미소가 얼마나 아름다운지
세상 어떤 꽃보다 아름답습니다.

사랑이란

내 몸 아픈 것 생각도 않으면서

전화기에 들려오는 그대 힘없는 목소리에

마음이 더 가는가 봅니다.

옆의 사람들이 나중을 위해

적당히 잘해 주라고 충고하지만

내 사랑에는 적당히란 말은

감히 생각도 할 수 없습니다.

그대를 사랑하게 된 순간부터

나의 마음은 내 것이 아니니까요.

그대를 사랑합니다 2

그대를 만나기 전에는
밤하늘의 별이
참 아름답다고 생각했습니다.
하지만 그대를 만나 사랑하면서
나를 향한 그대의 수줍은 미소가
더 사랑스럽고 아름답게 느껴집니다.

세상에 태어나 그대보다 더
아름다운 것은
꿈속에서라도 보지 못했습니다.
사랑은 이처럼
사람을 변화시키는가 봅니다.

그대를 사랑하고부터
하루하루가 따뜻하고
행복한 날들의 연속입니다.
내가 꿈을 꾸고 있는 건 아닌지
가끔 착각하기도.

그대, 세상에 태어나 처음으로

그대를 사랑합니다.

2장

그대, 얼마나 더 기다려야 합니까

양파 2

양파를 벗긴다.
벗기면 벗길수록 그 속은 알 수 없으나
눈물만 흐른다.
자꾸만 눈물이 흐른다.

산과 가까워지면
산을 제대로 볼 수 없듯이
그대에게 가까이 다가갈수록
외려, 그대를 모르겠다.
얕은 내 마음만 한없이 깊어지고
자꾸만 마음 아래로 살얼음이 언다.

마음으로 말하지요, 사랑은

오늘은 그대와 산길을 걸었지요.
이렇게 둘이서 한적한 길을 걸었던
기억이 오래되어서인지
서로의 마음이 통했는지
우린 말없이 걸어도,
서로의 마음이 어디에 가 있는지
알 수 있었습니다.

사랑하는 사람 사이에는
굳이 말이 필요 있을까 하는
내 사랑에 대한 당찬 확신을 가지고.
상대의 눈빛, 걷는 걸음걸이만
보아도 알 수 있는 것이
사랑입니다.

그렇게

그대의 손을 꼭 잡고서

땀이 나서 미끈거려도 놓지 않았지요.

한 사람을 사랑한다는 것이

아, 이런 것이구나

나의 마음이 뭉클해졌습니다.

아마 그때

그대의 가슴도 그러했으리라.

저녁이 되어 산길을 내려오면서

나는 내내 행복했습니다.

가까이 다가갈수록 슬픈 사랑

산 정상에 가까워질수록

태양은 가까우나

외려, 바람이 차고 춥기만 한 것을.

산 정상에 피어 있는 꽃은

모두가 외로움에 떨고 있는 키 작은 꽃들뿐이네.

거센 바람에, 차가운 바람에

꽃잎 다치지 않게 자꾸만 낮게 서 있는 꽃나무.

그대에게 다가갈수록

서로의 거리는 좁혀지지만

외려, 그대를 멀리서 바라볼 때보다

외롭고 슬프기만 한 것을.

그대에게서 불어오는 작은 산들바람에도

눈물이 나는 슬픈 사랑.

사랑하는 사람과 가까이 있다는 것은

그 가까운 거리만큼 마음에 상처 입기 쉬운 것을.

그대에게 가까워질수록 스스로 외로워하는

나의 마음은 어인 일인가.

그대에게 다가가면

비가 그친 뒤 나뭇잎 사이로
쏟아지는 햇살은 얼마나 찬란한가.
그리고 비가 그친 뒤 하늘의 무지개
또한 얼마나 아름다운가.
슬픔의 끝이 보이지 않던 내 사랑
흐린 뒤 더욱 선명하게 드러나는 산처럼
그대에게서 나의 존재도
꼭 그 산처럼 선명하기를 바랐었다.

허나, 자꾸만 어긋나는 내 사랑
그대에게 다가가면 다가갈수록
오히려 멀어지는.
그래서 내 마음엔
온통 먹구름만 가득하네.

마음속의 하늘

구름이 끼지 않는 하늘은
비를 내리지 않는다.
비가 내리지 않는 하늘에는
희망을 품은 무지개가 살지 않는다.

사람도 마찬가지다.

한 줄기 눈물 없는 사람의 마음속에는

사랑의 무지개가 뜨지 않는다.

끝이 없을 것만 같았던 슬픔을 이기고 난 뒤,

마음속을 찬찬히 들여다보면,

그 마음속의 하늘에는 사랑의 무지개가

찬란하게 떠오름을 알 수 있다.

사랑은 스스로 피어나는 것이 아니라

그 슬픔을,

그 아픔을 딛고 피어나는 것이다.

비를 내리지 않는 하늘에는

무지개가 뜨지 않듯이,

한 줄기 눈물 없는 사람의 마음속에는

사랑의 무지개가 뜨지 않는다.

상사화

그대가 먼저 피어나십시오.
한 송이 꽃으로 피어난
그대 향기를 맡을 수 있는 것만으로도
저에게는 너무나 큰 기쁨입니다.
그대가 먼저 피어나십시오.
그대 뒤에서 가만히 지켜보기만 하겠습니다.
그대, 아십니까.
그대가 피었던 자리에
한 떨기 잎으로 피어날 수 있다는 것만으로도
저에겐 너무나 큰 행복이라는 것을.

그대가 먼저 피어나십시오.
저는 그대 뒤에서
가만히 지켜보기만 하겠습니다.

상사화

전설에 의하면, 옛날에 어떤 처녀가 수행하는 스님을 사모하다 그 애절하고 절절한 사랑을 전하지 못하고 죽었다고 한다. 그 후 어느 날, 그 스님 방 앞에 이름 모를 꽃이 피어났다. 바로 상사병으로 죽은 처녀의 넋이 꽃이 되어 피었다고 해서, 사람들은 '상사화'라고 이름을 붙여주었다. 상사화는 꽃은 잎을 보지 못하고, 잎은 꽃을 보지 못하는 슬픈 사랑을 하는 대표적인 꽃으로 알려져 있다.

세상에서 가장 아름다운 시

안개 자욱한 강을 건너다
그대를 만났습니다.
한 치 앞도 보이지 않는 두려움도
까맣게 잊은 채,
강의 가장자리에 서서
그대만 바라봅니다.

사람들은 말합니다.
밤하늘의 별이 아름답다고,
이른 아침에 떠오르는
태양이 눈부시다고,
하지만, 그대는 반짝이는 별도
찬란하게 떠오르는 태양도 아닌
세상에서 가장 아름다운 시가 되어
나에게로 왔습니다.

깊은 밤이면 그리워지고

더욱 간절해지는 아름다운 한 편의 시.

억지로 생각하지 않아도

스스로 시가 되어 마음속으로

저벅저벅 걸어오시는 그대.

그렇게 그대는,

세상에서 가장 아름다운 시가 되어

나에게로 왔습니다.

슬픔이라 일컫지 말자

저녁이 될수록 마을 뒤
고요함으로 흐르는 강가에 나와
아래로, 자꾸만 아래로 흐르는 강물을 바라보네.
미세한 노을빛조차 받아들이지 않는
저들에게도 분명 슬픔은 슬픔으로 존재하겠지.
다만 깊음으로 그 속 다 보이지 않을 뿐.

깊은 강일수록 오랜 세월 견뎌 온
그 슬픔 숨긴 채 낮은 자세로 흐른다.
슬픔보다 더 낮게
깊은 사랑일수록 그 속마음 드러내지 말자.
그저 강물처럼 아래로, 아래로 흐르다
결국 그대와 멀어지게 되더라도
더 이상 슬픔이라 일컫지 말자.

먼 훗날 그대를 다시 마주하게 되더라도

깊었던 슬픔

길었던 방황 다 뒤로한 채,

그저 친구 같은 웃음이나 지어 볼 일이다.

끝내 그 마음 꼭꼭 숨긴 채……

한 장의 그리움

그리 긴 시간은 아니었네.
하지만 짧지 않은 시간이었네.
필연을 가장한 우연일지라도
맑은 햇살 같은 희망을 동반한
그대와 함께한 시간은 행복이었네.
아무리 많은 날들이 나를 기다리고 있을지라도
그대와 함께한 시간들 어쩌지 못하네.

사랑한다는 말, 마음속에서만 맴돌 뿐
그대 앞에서 구두 굽으로
땅만 콕콕 찍다 돌아와 괴로워하네.
거친 바람에 빗물조차 부서지는 날에는
지워지지 않는 그대를 생각하네.
세상은 시간이 흐르면서 처음 모습을 잃어 가지만
단 하나, 언제나 변치 않는 것이 있네.
그대에게 열어 보이지 않은 내 마음
그대를 향한 사랑이네.

어떤 날 그대는 흐린 날씨로

내가 가진 슬픔들 빗물로 흩뿌리네.

또 어떤 날 그대는 화창한 날씨로

축축이 젖은 내 마음 따뜻하게 감싸주네.

사랑한다, 사랑한다, 죽을 만큼 사랑한다, 그대.

이젠 가까이 갈 수도,

멀리서 바라볼 수도,

그 이름 불러볼 수도 없는 단 한 사람

그대는 나에게 남겨진 한 장의 그리움이네.

가을은 사랑하기에 좋은 계절

우리 맞잡은 손에
땀을 나게 만들던 여름도
밤손님처럼 다가오는 가을에는
어쩔 수 없나 보다.

가을은 사랑하는 이의 얼굴이
더욱 생각나게 하는 힘이 있나 보다.
불과 몇 시간 전에 보았던
너의 얼굴이 또 아른거리니.

괜스레 방에 혼자 있으면
서랍을 뒤적거리기도
수첩을 꺼내보기도.
이처럼 가을은 혼자 지내기엔
너무 아쉬움이 남는 계절인가 보다.

조금은 쌀쌀한 새벽에

너와 한적한 공원 벤치에 앉아

이슬 냄새 나는 가을바람을 느끼고 싶다.

홀로 서 있는

가로등의 불빛이 분위기를 더할 때

너와 입 맞추고 싶다.

가을은 이렇게 연인들의 마음을

가만 못 있게 하나 보다.

가을은 사랑하기에 좋은 계절 2

눈부신 햇살도
세상에 이보다
더 맑을까 하는 가을 하늘도
그대가 있어
가장 사랑하기 좋은 풍경.

밤하늘을 올려다보며
무수히 많은 별들 중
가장 빛을 더하는 별 하나가
나를 사랑하는
그대 마음이었으면 하는 작은 바람은
그대 사랑하는 나의 마음에서는
욕심이 아니리.

투명한 가을 하늘처럼

맑은 그대 마음을

카메라에 풍경을 담듯

깨끗하고도 선명하게

내 마음에 담고 싶다.

그대와 내가

만들어가는 사랑

가을이라는

멋진 배경 속에서

영원히 잊지 못할 사랑을 하고 싶다.

이런 사람이 되게 하소서

하루쯤은
하고 싶은 말이 있어도
꾹 참고
곁에 있는 이의 말을 귀담아들어 주는
그런 따뜻한 배려를 가진
사람이 되게 하소서.

삶에 힘겨워
곁에 있는 이가 아무 말 않고 있다가
갑자기 눈물을 왈칵 쏟을 때
한낱 천 조각으로 만들어진 손수건이 아닌
조금은 거친 나의 두 손으로
그의 눈가에 흐르는
눈물을 닦아 줄 수 있는
그런 따뜻한 사랑을 가진
사람이 되게 하소서.

밤하늘에 떠 있는

별들을 바라보는 맑은 눈을 가진

그래서 내가 살아가고 있는 현실을

잠깐이라도 되돌아볼 수 있는

그나마 잘못 살았던 날들을 떠올리며

하얀 눈물 흘릴 수 있는

그런 각성의 눈물을 가진

사람이 되게 하소서.

그 별들 속에서

유년의 꿈을 잊지 않고

항상 그때의 맑았던 영혼으로

이 세상을 살아가는

사람이 되게 하소서.

그대, 얼마나 더 기다려야 합니까

나에게 아직 살아갈 날이 많이 남았다는 것은
그대를 기다릴 수 있는 날 또한
많이 남았다는 말.

유난히 비바람 거세게 몰아치던 시절
나는 이슬비 같은 그대를 만났습니다.
하루하루 촉촉한 사랑에 물들고
그대가 내 곁에 있다는 것만으로도 마냥 행복했던 시절.
여태껏 살면서 가장 행복했고
그 행복 뒤에 다가오는 두려움을 동시에 느껴야 했던 그 시절.
내 옷깃을 스치듯 지나는 바람처럼
그대는 찬바람 불고 낙엽 떨어지던 계절에
내 곁을 떠났습니다.
기다려 달라는 말 한마디 없이…….
그대 없이 홀로 보낸 날들이 밤하늘 별처럼 많았고
그 날들 속의 허무함은 기다림과 믿음으로 채웠지요.

몇 해가 바람처럼 멀어져 가도

그대를 향한 믿음은 무너질 줄 모른 채

외려, 나에게 손을 내민 사람들에게 상처만 주었습니다.

그대, 얼마나 더 기다려야 합니까.

아무리 불러도 대답 없는 밤하늘의 별처럼

그대에게선 아무런 응답이 없습니다.

외롭고 고달픈 나에게 한 가닥 희망이라곤

나에게 아직 살아갈 날이 많이 남아 있다는 것.

그대를 기다릴 수 있는 날 또한

그만큼 많이 남아 있다는 희망.

그 희망이…….

이런 사람이 되게 하소서 2

빨간 장미보다 들에 핀 야생화를
더 사랑하게 하시고
메마른 나의 가슴에
풀 한 포기 돋아나게 하소서.

내가 가진 능력으로는
슬픔 속에서 방황하는 많은 이들에게
빛이 되질 못하나
당신의 넓고 크신 사랑으로
저들의 마음에 한 줄기 빛으로 다가오소서.

사랑과 이별 속에서
기쁨과 절망 속에서 방황하는 연인들에게
더욱 뜨거운 마음으로 사랑하게 하시고
세상에서 가장 아름다운 일이
사랑하는 일임을 알게 하소서.

한 사람을 사랑하는 일이
결코 상처로 남지 않게 하시고
한 사람을 사랑하는 나의 마음이
깊고도 넓은 바다처럼
모든 미움과 상처를
끌어안을 수 있게 하소서.

사랑을 갈망하는 연인들에게
어둠을 보여 주시고
때론 밝은 빛을 보여 주셔서
슬픔과 기쁨을 모두 맛보게 하소서.

사랑이란,
여름날, 잎이 무성한 나무가 아니라
모두가 떠나고 없는
앙상한 가지로 서 있는 겨울나무처럼
기다림이라는 것을 알게 하소서.

이 세상에서 가장 아름다운 일이
내가 그녀를 끊임없이 사랑하고
아끼는 일이 되게 하소서.
내 생이 다할 때까지
한 사람만 사랑하다 가게 하소서.

슬픈 별

샤워를 하면서 생각했어.

두려움처럼 느껴지는 차가운 물줄기의 진동처럼

내 마음을 진동하는 슬픔 또한 두려움이겠지.

내가 제어하지 못할, 외부로 표출시킬 수 없는 슬픔에

몸과 마음이 부서지고 급기야 죽을 수도 있다는 생각.

하지만, 그런 생각들이 두렵게 느껴지지 않는 것은

어떤 뜻일까.

나는 슬픔이 눈물처럼 마음속에 고일 때

차라리 두 눈을 감아 버리지.

그러면 조금 덜 슬프거든.

슬픈 내가 할 수 있는 방법은 순간적으로 망각하는 것.

그동안 살아오면서 나를 떠났던 사람과

내가 떠났던 사람들은

나와 어떤 인연이 있는 걸까.

못난 사랑에만 집착하는 나에게 있어

우린 또 어떤 인연이었을까.

슬픔조차 보일 수 없는 낮별처럼

고백할 수 없는 슬픈 별이었을까.

나에겐 아름다움보다는 슬픔이 잘 어울리지.

슬프게 한 생을 살아가야 할 운명이라면

차라리 고귀한 눈물처럼 아름다운 슬픔이 되겠어.

단지 바라는 게 있다면

그 누군가 한번쯤이라도 낮별을 보고

어느 이름 없는 시인의 슬픔이라고 여겨 주었으면

나는 좋겠어.

별이 되었으면 좋겠어

약한 바람에도 상처 입는 풀꽃 같은

나에게 있어 너는 슬픈 사랑이었어.

너와 내가 함께 보았고, 만졌던 것들은

다 무엇이었을까.

지금 형체도 없이 느낌만 남아 있는 것

너는 알겠니, 그것이 무엇인지.

너를 보내고

많은 날 동안 나를 잊는 연습을 해야만 했어.

바람이 나의 머리카락을 만지고 있어.

추억은 이런 느낌일까.

볼 순 없어도 느낄 수 있는 것, 여운처럼 부드러운 것.

시간이 지나면 상처가 아물고

모든 기억들이 먼지로 뒤덮이겠지.

먼 훗날 너와 나는 어디에 있을까.

그동안 내가 했던 사랑은 슬픈 사랑이었어.

끝내 너마저도.

지금이라도 나에게 사랑한다고 말해 주지 않을래.

가식적인 마음이라도 이해할게.

내 인생에 있어 꽃은 피지 않아도 좋아.

다만 기다림으로 채워진 꽃봉오리로 살고 싶어.

그리고, 기다리다 스스로 눈물이 되어

세상을 환히 밝히는

밤하늘의 별이 되었으면 좋겠어.

굳이 그리워하지 않아도

저녁이 다 되어
집 근처에 있는 호수를 찾았네.
아직 떠나지 않은 철새들은
외로운 날갯짓으로, 내가 서 있는 쪽으로
자꾸만 물결을 밀어내고
나는 말없이 걷는다.

그리움이란
내 발아래, 한없이 밀려오는 물결 같은 것.
가만히 있어도, 굳이 그리워하지 않아도
끝없이 밀려오는 것.
바람이 불지 않아도 나 스스로 바람이 되어
물결이 되는 것.
서녘 하늘에 점점 번지는 그리움.
그 그리움 속으로 한 마리의 흰 새가 되어,
한없이 날아가고 싶은 마음이
뼛속 깊이 스미었네.

호수는,

내가 그대를 그리워하는 마음처럼,

등지고 있는 산을 물속 깊이 담고 있었네.

3장

**십
이
월
의
사
랑**

겨울 사진

내가 너의 이름을 부르듯이 눈이 내린다.
허한 벌판, 갈 곳을 잃어버린 허수아비가
눈사람처럼 딱딱하게 서 있다.
겨울바람은 빈 가지에 잎 대신 팔랑거리고
하늘에선
내가 너의 이름을 부르듯이, 눈이 내린다.
내가 '마지막 사랑'이라고 불렀던
너는, 눈 덮인 묘비처럼 나의 가슴 한복판에
눈을 맞으며 서 있다.
하얀 눈으로 뒤덮인 지금 모든 것이 분명해졌다.
언제나 떠나는 자는 남겨진 자의 마음에
한 장의 사진으로 기억될 뿐이지만
사진은 슬프지 않다.
다만, 사진 속에 화석 같은 추억만 남기고
떠난, 네가 더 슬플 뿐이다.

전쟁처럼 사랑하자

그대를 사랑한다는 말은,
또 다른 말로
그대를 닮아 가고 있다는 말이다.
사랑은 진정 아름다운 아픔이 아니던가.
그대와 나 사이엔 수많은 날들이
그리움처럼 드리워져 있다.
하지만,
우리가 사랑할 수 있는 날들은
과연 얼마나 될까.

잎이 무성한 나무도 겨울이 되면
어느새 잎을 떨군 채 홀로 서 있듯이
지상에서의 영원함이란 없다.
목숨 걸고 사랑하지 않으면
벌써 시든 꽃이다.
나에게 주어진 마지막 무지개라고 생각하며
목숨 걸고 사랑하자.

매일 새로운 모습으로 떠오르는 태양도

저녁이 되면, 미련 때문에

서녘 하늘을 핏빛으로 물들이고 마는 것을.

전쟁처럼 사랑하자.

나에게 남겨진

마지막 사랑이라 생각하며.

누군가를 사랑하기 전에

누군가를 사랑하기 전에
먼저 들판에 떨고 있는
한 떨기 들꽃을 사랑할 줄 알아야 한다.
사람을 사랑할 줄 알아야 한다.
한낮, 태양의 빛에 가리어 보이지 않는
낮별을 사랑할 줄 알아야 한다.

누군가를 사랑하기 전에
먼저 누군가를 위해
눈물을 기꺼이 흘릴 줄 알아야 한다.
바위처럼 기다리기보다
비를 맞으면서도 찾아 나서는 용기가 필요하다.
곁에 슬퍼하는 자가 있으면
한낱 천 조각이 아닌 거친 두 손으로
눈물을 닦아줄 줄 알아야 한다.

누군가를 사랑하기 전에

그 누군가를 사랑하기 전에

먼저 자기 자신을 사랑할 줄 알아야 한다.

가질 수 없는 사랑

나는 너와 차를 마시다
결코, 너를 사랑할 수 없음을 알았다.
사랑을 얻는다는 것은
몸을 얻는 것이 아니라
사랑하는 너의 마음을 얻는 것이므로.
눈물 많은 너의 마음속엔
언제나 옛사랑이 가득할 뿐,
내가 비집고 들어갈 수 있는
작은 틈조차 없었기에.

너의 눈동자는 나를 바라보고 있지만
너의 마음은
이미 다른 곳을 향하고 있음을
나는 너와 차를 마시다 알았다.
너는 눈물 많은 여자.
눈물 많은 여자는 슬픔도 많음을……
나는 너를 알기 전에 떠나보낸
여자에게서 이미 깨달았다.

내가 사랑하는 사람아

사람들의 얇은 옷은
두꺼운 옷으로 바뀌고
아무 생각 없이 불던 바람은
그대와 내가 자주 다니던 골목 모퉁이에서
한쪽 가슴만 쓰다듬다 생각에 잠긴다.
괜한 걱정은 하지 말기로 하자.
그럴 시간이 있다면
아무 미련 없이 자신의 몸을 불살라 버리는
산을 위로하자.
여름에 더위를 피해 왔던
사람들의 발길을 그리워하다
끝내 그 그리움에 불씨를 지피는 산을 위로하자.
산이 타는 불길로 인해 밤길이 다 밝다.
너와 내가 헤어지고
가로등조차 없던 그 길
오늘은 너무나 밝다.
사랑하는 사람아

그대 마당에 몇 날 며칠 내려
수북이 쌓인 낙엽을 치우지 마라.
그저 그대의 무거운 마음으로
한번쯤 밟아 다오.
내가
사랑하는 사람아.

안면도에서

늦가을 바다
여름내 북적대던 사람들은 떠나고
섬만 홀로 남아 그리움을 삭이는 안면도.
끊임없이 밀려오고 밀려가기를 반복하는
무심한 파도, 그 파도 속에는 짧고도 긴
그대와 나의 추억이 함께 밀려오고 멀어져 간다.
우리네 사랑도 저 밀물과 썰물 같은 것이었으면
떠나보내도 예정된 시간이면 다시 돌아오는
저 파도 같은 것이었으면.

곳곳에 배어나는 비린내 속에서
황홀하리만치 아름다운 노을이
하늘과 바다를 감싸고 이내 내 마음까지…….
그대를 떠나보낸 뒤
홀로 찾은 안면도에서
다시는 꺼내보지 못할 추억을
섬과 섬 사이에
나와 그대의 이름으로 묻는다.

내 몸은 백사장을 한없이 걷고 있지만
마음은 그대와 함께 거닐었던
추억의 길을 이미 다 걷고 있었네.
사랑이 지고
아물지 않을 생채기뿐인 젊은 날에
다시는 찾지 못할 섬에서
그대를 떠올려 보았네.

겨울 산에서

눈은 아직 흩뿌리지 않았으나
나는 겨울을 만나러 산으로 간다.
햇살이 좋아서 곱게 물든 단풍이 좋아서
산을 찾은 사람들의 소리는
겨울 산의 외로움에 묻혀
어느 산자락 절벽에서 뛰어내린다.
붉은 입술처럼 떨리던 나뭇잎은
소리 없이 찾아드는
그리움에 씻겨 내려가고.
가지 사이로 안개가 스쳐 지나다 얼어붙어
마음이 따뜻한 사람의 눈빛 같은
하얀 눈꽃으로 다시 피어난다.
연인들이 갈망하는 사랑의 결정체처럼.
나는 겨울 산에서 겨울이 되고
하나의 풍경이 되어
마침내 사랑하는 사람이 된다.

나뭇잎이 가지를 떠나

땅에 얼굴을 묻는 이유는

저 눈꽃 때문이리라.

내가 너의 곁으로 다가가고 싶어도

다가갈 수 없는 것은

바로 저 눈꽃 때문이다.

이런 사람이 되게 하소서 3

타인에게서 두려움이 아닌
따뜻한 사랑을 느끼게 하시고
비록 하나 되지 못하는 마음일지라도
슬픔을 감추며 낮게 흐르는 강물이게 하소서.
당신의 사랑으로 말미암아
많은 사람들을 사랑의 길로 인도하는
인도자가 되게 하소서.

어둠 속을 빛도 없이 걸어가는
이들이 너무나 많습니다.
어떤 이는 꿈을 잃어버렸다고
또 어떤 이는 사랑을 잃어버렸다며
들판에 쓰러지고
길가에 쓰러져 잠이 듭니다.
하루 중, 단 몇 분만이라도 이들을 위해
두 손 모을 수 있게 하소서.

하루에도 수십 번 변하는

나의 마음이 거친 바람에도 흔들리지 않는

굳건한 나무처럼 신념을 가지고

앞으로 나아갈 수 있게 하시고

나보다 약한 이를 만나면

강가에 스러지는 황혼이 되게 하소서.

그리고 나보다 강한 이를 만나면

결코 물러섬이 없는

거대한 산이 되게 하소서.

눈먼 새

흰 눈이 나뭇가지에
솜처럼 쌓인 것을 본 적이 있는가.
한동안 나의 눈을 묶어 버리는
마법 같은 겨울나무.
하지만 눈이 쌓이고 쌓여
나무가 눈의 무게를 지탱할 수 없을 때
눈이 주는 아름다움은
더 이상 낭만이 아니다.
사랑도 그 사람을 위한 마음이 순수하고
조금 모자랄 때
애틋한 사랑으로 피어나고
잊지 못할 추억이 된다.
만약 한 사람이
사랑의 무게를 지탱할 수 없다면
더 이상 사랑이 아니다.
서로의 그리움마저 꺾어 버리고 마는
눈먼 새가 되고 마는 것이다.

슬픈 나뭇잎의 사랑

밤하늘의 별들은 저마다
어떤 슬픔을 간직하기에
저토록 서럽게 반짝이는가.
외진 골목의 가로등에겐
어떤 슬픈 약속이 있었기에
밤마다 눈에 불을 켠 채 서 있는가.

산다는 것은
마음속에 슬픈 나뭇잎 하나씩 간직하는 일.
이미 그 빛을 다해 떨어져 버린 슬픈 나뭇잎의 사랑.
이젠 가까이 다가갈 수도, 느낄 수도 없는
내 마음의 한 줄기 빛이여.
내 사는 동안 꺼지지 않을 시린 그리움이여.
나는 사랑을 얻고 오래도록 행복했으나
다시, 사랑을 잃고 끝없이 절망하네.

산다는 것은

애타게 불러볼 수도

간밤의 꿈처럼 까맣게 잊을 수도 없는

세상에서 가장 슬픈 이름 하나

눈물로 지우고, 또 지우며

결국 나 자신까지 지워지고 마는 것.

십이월의 사랑

십이월에는 나무도 외롭다.
거리에 붙박고 서 있는
나무도 그리움에 울음을 터뜨린다.
그러나 보도 위에 떨어지는 낙엽이
나무의 눈물이라는 것을 아는 이 없다.
매일 같은 거리를 지나는 사람들과
이른 새벽, 비질하는 환경미화원도
군데군데 떨어져 있는 낙엽이
나무가 외로움을 견디지 못해 흘리고 마는
슬픔이라는 것을 모르고 있다.

십이월에는 나무도 눈물이 된다.
숱한 세월 속에서
나무는 얼마나 많은 그리움을 견뎌냈기에
마음이 겨울처럼 단단해졌을까.
몸속에 그려져 있는 나이테가
그동안 나무가 꿈꾸었던
사랑이라는 것을 아는 이 없다.

십이월의 사람들은
나무가 마지막 눈물까지 떨구고 나서
온몸으로 우는 이유를 모르고서
사랑을 하고 있다.

사랑을 잃었다는 것은

사랑을 잃었다는 것은
나의 모든 것을 잃었다는 말이다.
더 이상 살아갈 작은 희망조차
나에겐 남아 있지 않다는…….

사랑을 잃었다는 것은

길거리를 지나다

레코드 가게에서 들려오는 노랫말에,

이따금씩 어깨에 떨어지는 낙엽에조차

내 가슴은 슬픔으로 가득 찬

강물이 된다는 말이다.

아침에 커다란 약속으로 다가와

저녁이면 아름다운 서녘 하늘처럼

내 마음을 행복하게 해주던 일들이

더 이상 나와는 무관하다는…….

사랑을 잃었다는 것은

그대를 사랑했던,

나를 잃었다는 말이다.

왜 하필 그대와 내가

세상의 많은 사랑 중에

서로가 엇갈리는 사랑도 있나 봅니다.

그대가 힘들어 술잔을 기울이며

누군가의 따뜻한 손을 필요로 할 때,

그때 나는 별로 중요하지 않은 일로

그대 손 한번 따뜻하게 잡아주질 못했지요.

그리고,

내가 그대에게 마음의 문을 열었을 때

그대는 쉽게 마음을 들여놓으려 하지 않았지요.

우린 꼭 그만큼…….

그대가 나의 어깨에

가만히 머리를 기대었을 때

그때 나는 그대의 마음도 모른 채,

그대가 얼른 나의 마음 받아주길 바랐지요.

그대와 나는 서로 다른 방향에서

사랑을 했나 봅니다.

세상의 많은 사람들 중에

왜 하필 그대와 내가

엇갈린 사랑의 주인공이어야 했는지…….

떠나야 할 때 떠나라

잠들기 전 녹차 한 잔 들고서 창가에 선다.
건넛집 감나무에
빨간 홍시 몇 개가 여태 매달려 있다.
날은 십이월을 훌쩍 넘겼는데
어쩌자고 나뭇가지를 놓지 않느냐
떠나야 할 때 미련 없이 떠나야 한다.
떠나는 슬픔보다
홀로 남겨진 슬픔이 더 깊고 크기 때문이다.
떠난 사람에게서 되돌아온 엽서
철이 지나도 떠나지 않는 철새
겨울의 끝에서 떨고 있는 잎새처럼
더 슬픈 게 있더냐.
허공에 매달려 있는 홍시를 보다
내가 까치가 되어
홍시를 쪼아 주고 싶다는 생각이 들었네.

시작과 끝은 아름답다

시작과 끝은 아름답다.
해가 막 솟을 때, 하늘은 얼마나 아름다운가.
하늘을 따뜻한 햇살로 가득 채우고
저무는, 서녘 하늘 또한 얼마나 황홀한가.

사랑에 있어서
처음 시작할 때와 헤어질 때 마지막 모습
얼마나 아름다운가.
누구든지 처음 시작할 때의 떨림을 잊지 못한다.
많은 세월이 지난 뒤에도
그 한 장면 속에는
어김없이 함박눈이 내리고 있다.

해가 서녘 하늘을 붉게 적실 때
그 하늘 속으로 날아가는 기러기의 날갯짓은
떠나는 슬픔이 아니라,
떠나는 자의 아름다움이다.

시작이 아름다운 만남은
그 끝도 아름답게 마련.
아무리 많은 세월이 어깨에 쌓일지라도
우리가 나누었던 사랑 속에는
언제나 억수비가, 함박눈이 내리고 있다.

혼자 하는 사랑

어젯밤부터 시작된 비는
그치지 않고 오늘도 내립니다.
하늘은 무겁게 가라앉다, 끝없이 가라앉다
내 마음 다 채우고 맙니다.
아무 데도 스며들지 못한 채 고여 있는 빗물이
나를 닮은 듯합니다.
그대와 내가 언젠가 헤어질 줄 알았지만
그날이 이처럼 속히 올 줄 몰랐습니다.
만남이 있으면 헤어짐도 있지만
이별이 이렇게 서러울 줄이야…….

그대가 내 곁을 떠나고
한참 시간이 흐른 뒤에야 비로소
나는 철저히 혼자임을 깨달았습니다.
그대와 함께 저수지에서 낚시를 했던 기억이 생각납니다.
그대가 돌을 던져 깜빡 졸고 있는
내가 놀라 깨어났을 때 그대는
"물고기가 조는 것 같아 깨웠어." 웃으며 말했지요.

많은 시간이 흘러도 잊히지 않는 그대의 말입니다.

그대 없는 지금, 마음에 선명히 새겨지는 것이 있습니다.

그대와 내가 다른 삶을 살더라도

내가 눈감는 날까지

그대와 함께했던 시간은

내 인생 전부를 지배할 것이라는 것을.

그대를 만나 진정 사랑은

혼자 하는 사랑임을 깨달았습니다.

사랑하는 당신

그렇습니다.
올 것이 오고야 말았습니다.
굳이 기다리지도 않았는데
당신과 나 사이에
틈이 생기고 말았습니다.
사람들이 많이 다니는 보도블록에 힘들게 피어난
한 떨기 풀꽃처럼 숨죽여 왔던 사랑,
조심성 없는 나로 인해
지나는 바람에 들키고 말았습니다.

습관처럼 나는 당신을 만나면서
서녁 하늘을 물들이는 노을을 생각했습니다.
한순간 제 몸보다 더 붉게 물드는 노을,
그것은 아름다움의 시작이 아니라
깜깜한 절망의 입구였다는 것을
당신의 굵은 눈물방울이
땅에 떨어지고 나서야 깨달았습니다.
당신에게 죄송한 마음,

그 마음 사이로 하얗게 번지는 그리움이 있습니다.

사랑하는 당신

찬 바람 불고 꽃은 지더라도

내년 봄이면 다시 새잎 돋고 꽃은 피겠지요.

하지만 다시는

당신을 보지 못한다는 것을 알지만,

내 의지와는 달리 자꾸만

세월의 강물 속으로 떠내려갑니다.

사랑하는 당신,

당신에게 말 못할 사연,

그 사연 사이로 하얗게 번지는 사랑이 있습니다.

너를 기다리다가

양파를 까다 눈물이 났다.
손으로 눈물을 닦으려다
더 많은 눈물이 났다.

그리고,
너를 생각하다 까닭 모를 눈물이 났다.
손으로 눈물을 훔치려다
더 슬픈 눈물이 났다.
이처럼 떠난 너를 기다리는 일은
내 스스로 눈물이 되는 일이다.

4장

조금만 더 천천히 사랑했더라면

하얀 눈물만 가득한 길이 있습니다

나에게는 가깝고도 먼 길이 있습니다.
그 흔한 버스나 기차로도 갈 수 없는
하얀 눈물만 가득한 길이 있습니다.
그나마 운 좋은 날,
아득한 꿈속에서나 당도할 수 있는
그대라는 길이 있습니다.
벗기면 벗길수록
그 속을 알 수 없는 양파처럼
그 속 다 몰라 지나는 바람 뒤편에서
눈물만 흘리다 오는 길이 있습니다.
이래선 안 된다며 수없이 다짐을 했건만
자꾸만 기웃거려지는 길이 있습니다.
세상에 남겨진 모든 일들 다 버리고
훌쩍 따라나서고 싶은
그대라는 길이 있습니다.

세상에서 가장 죄송한 사람

눈부신 햇살 사이로
한 사람이 떠올랐습니다.
누군가를 사랑한다는 것이
먼저 나 자신을 사랑하는 것임을 알게 해 준 그대.
그런 그대를 만나면서
때론 침묵이 한마디 말보다
더 큰 의미를 지니고 있다는 것을 깨달았습니다.
자꾸만 세상의 물결에 뒤처지는 나의 가슴에
한 알의 꽃씨 같은 희망을 심어 준 그대가
눈부신 햇살 사이로 떠올랐습니다.

눈부신 햇살 사이로
시린 웃음만 짓던 그대가 떠올랐습니다.
한숨처럼 자꾸만 가라앉던
어떠한 것도 희망이 될 수 없던 그 시절,
바라는 욕심 없이 따뜻한 손 내밀던 그대.
비가 내린 뒤 더욱 푸른 산처럼
절망에 구겨진 나를 툭툭 털고 일어나게 하던
참 고마운 그대가 떠올랐습니다.

이토록 눈부신 햇살 속에 시리도록 아름다운
한 사람이 떠올랐습니다.

사랑은 사람을 참 부끄럽게 합니다

사랑은 사람을 참 부끄럽게 합니다.
그대를 만나 내가 세상에서
얼마나 부끄러운 존재인지를 깨달았습니다.

어느 날, 별일 없이 살아가던 나에게도
남들처럼 사랑은 예고 없이 다가왔지요.
모든 일을 제쳐 두고
그대를 만나는 일이 가장 먼저이던 때가
나에게도 있었지요.
그대와 밤길을 걸으면서
밤이 얼마나 아름다운 시간인가를 느꼈습니다.
나는 가진 것 하나 없었지만,
그대와 함께 있다는 자체로 행복했습니다.
막막한 현실은 밤안개 사이로 사라지고
내 옆에서 함께 걷는 그대 모습만 보였지요.
새벽이슬을 맞으며,
그대 마음속까지 다 걸어 보고 싶었습니다.

가진 것 하나 없더라도 넉넉한 사랑 하나로
그대와 함께할 수 있을 줄 믿었습니다.
하지만 시간이 흘러 내가 사랑한다는 고백을
그대에게 조심스레 꺼냈을 때
그대는 현실로 돌아서 뜨거운 눈물만 흘렸지요.
나는 사랑 하나로
이 세상을 살아갈 수 없다는 것을
연인을 얻을 수 없다는 것을
그만큼의 시간이 더 지난 뒤에야 깨달았습니다.

사랑은 사람을 참 부끄럽게 한다는 것을
그대를 만나 깨달았습니다.

당신을 만나면서

그랬습니다.

나는 살아오면서,

내 것이 아닌 것에 집착만 한 채

살아왔습니다.

그 시절,

부유한 친구의 집과 배경이

한없이 부러웠던 적이 있었습니다.

더욱더 두 주먹 불끈 쥐게 하는 세상이 있었습니다.

그러나 나는 다시 낯선 세상에서

가지고 싶은 사람 단 한 사람,

당신을 만났습니다.

세상에서 가장 탐나는 당신을.

당신을 만나면서

황망한 내 가슴속에 꽃이 피었지요.

그러나 나는 꽃은 한때 아름답게 피어

언젠가 떨어진다는 사실을 몰랐습니다.

당신은 떨어진 뒤,

어딘가에 다시 피어나겠지만

앙상한 가지만 남은

살지도, 죽지도 못하는 나는 어떡합니까.

마음속에 젖어드는 것은 사랑이 아니라

슬픔이라는 것을 눈치채지 못한 당신.

하지만 많은 시간이 흐른 뒤에야 깨달았습니다.

나 또한 당신과의 이별을 눈치채지 못했음을…….

그랬습니다.

어떤 감정으로도 다스릴 수 없는

뜨거운 마음이 내 속에도 있다는 것,

바로

뒤늦게 찾아온 사랑이었다는 것을 깨달았습니다.

당신은 알지 못합니다

아침에 눈을 뜨면
또다시 눈부신 절망.
혼자 남는다는 것이 어떤 것인지
오늘도 살아 있구나, 하는 생각이
멍든 마음속을 가득 채웁니다.
떠나던 날, 당신은 내게 말했습니다.
이별도 사랑이라며,
세상 모든 것은 다 잊히기 마련이라고
세상에 쓸쓸하지 않은 것 어디 있느냐고.
떠나기로 마음 굳게 먹은 당신,
그런 당신은 알지 못합니다.
시간이 지나면서 당신은 지워지지 않은 채
나 자신만 흐릿하게 지워질 것이라는 것을.

당신이 하얀 손 내밀던 날,

당신의 등 뒤로 서녘 하늘은 붉게 번져

이미 모든 것을 돌이키기엔 너무 멀리 와 버린 것을

나는 애써 모른 척하고 있었지요.

세상에 내가 알고 있는 수많은 언어들은

떠나는 당신 앞에서 속수무책인 채,

오래도록 눈물만 훔쳤지요.

당신을 너무나 잘 알듯, 모르기에.

세상에는 진정 내 의지대로 되는 것이 하나도 없나 봅니다.

끝내 당신까지도…….

아시나요, 당신.

세상 어떤 곳에 있더라도

당신 없는 이곳은 창 없는 독방과 같다는 것을.

홀로 남겨진 나에겐

눈부신 햇살조차 빗물이 됩니다.

그대, 용서하십시오

그대, 용서하십시오.
그대가 떠난 뒤에야 알았습니다.
정작, 떠난 것은 그대가 아니라
나였음을.

곁에 있을 땐 몰랐습니다.
그대가 있던,
그 자리가 얼마나 큰 구멍이었는지
그 자리는 세상 어떤 것으로도 메울 수 없다는 것을.
그날, 그대는 잘 지내라는 말 한마디 던지고는 떠났지요.
아직, 나에겐 할 말이 참 많았는데
그 반도 하지 못했는데,
또한 그대에게 줄 것도 참 많았는데……
그런 그대를 생각하며
입술을 질끈 깨물었던 적이 있었습니다.
너 없이도 잘 살 수 있다며
큰소리치던 때가 있었습니다.

하지만 그런 다짐들은 그대 창가에 서성이는
밤안개 같은 것이었음을…….

이 삶이 끝난다 해도,
영원히 지워지지 않을 부서진 사랑,
그대로 인해 수없이 죽은 나는
더 이상 어떤 죽음도 두렵지 않습니다.
그대,
조갯살 속에 박힌 진주가 상처로 눈부시듯
내 마음속에 박힌 그대 모습들로
어두운 내 삶은 하얗게 눈부십니다.
그대, 용서하십시오.
자꾸만 그대 없는 저 세상에
몸과 마음을 던지고 싶은 이 마음을.

그리움

그대와 살다가 간혹,

눈물 몇 방울 떨어뜨리는 날 있겠지

하지만 잘 견딜 수 있으리라 믿었다.

사랑이라는 이유로

한평생, 그대를 나에게 묶어 두고 싶었다.

그러나 내가 그대에게 평생토록 묶일 줄이야⋯⋯.

모든 것들이 나와 등을 돌린 지금,

사랑은 한낱 유행가로 전락하고 말았다.

그대를 사랑한다는 것이

외로움으로 채워진 강물 속에

내가 수없이 빠져 죽는 것임을 알지 못했다.

집요하게 따라다니는

그대 모습을 잊고자 했다.

가위에 눌려 온몸 꼼짝달싹 못하듯이

그리움은 내 온몸을 묶는 쇠사슬이었다.

벗어 버리고자 했으나

그러면 그럴수록 그리움은 더욱 지독했다.

그대 가실 때, 다 가지고 가시지

형벌 같은

이 그리움은 왜 두고 가셨나요?

떠난 뒤에도 끝끝내

나를 가만두지 않는 그리움,

그대 말 좀 해봐요.

사랑의 무게

어느덧 마당에는 꽃이 피었습니다.
간간이 따스한 바람도 스칩니다.
아마 그대가 서 있는 땅에도 봄이 왔겠지요.
지난가을에 졌던 꽃은 다시 피어나겠지만
다시 만날 수 있으리라 장담했던
그대에게선 편지 한 통 없습니다.

때론,
그대 사랑의 무게를 감당하기 힘들 때는
사랑을 잠시 내려놓고 싶다는 생각도 했습니다.
그러나 많은 시간이 흐른 뒤에야 깨달았습니다.
지금 그 사랑의 무게가 없기에
내가 이토록 가벼운 바람에도
흔들리고 넘어진다는 것을.

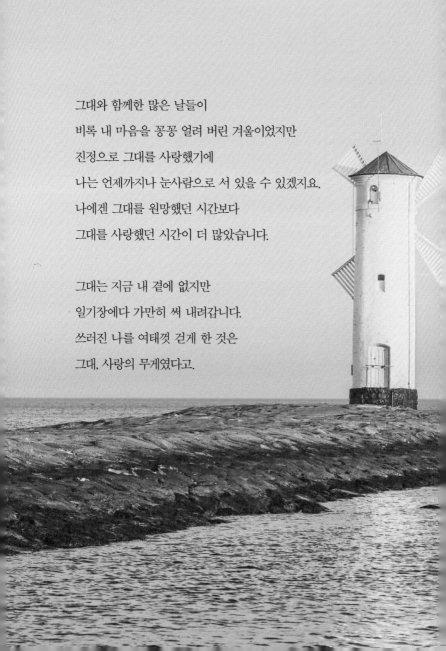

그대와 함께한 많은 날들이

비록 내 마음을 꽁꽁 얼려 버린 겨울이었지만

진정으로 그대를 사랑했기에

나는 언제까지나 눈사람으로 서 있을 수 있겠지요.

나에겐 그대를 원망했던 시간보다

그대를 사랑했던 시간이 더 많았습니다.

그대는 지금 내 곁에 없지만

일기장에다 가만히 써 내려갑니다.

쓰러진 나를 여태껏 걷게 한 것은

그대, 사랑의 무게였다고.

이별의 시간

세상에는 참 어이없는 일도 다 있다지요.
그대가 내게 수없이 사랑한다고 했지만
내 가슴에는 와 닿지 않았지요.
정작 그대가 가만히 고개 떨구고 있을 때
그대의 마음이 어디에 가 있는지
내게 말하지 않아도 알 수 있습니다.
사람은 갑자기 달라질 때
많은 혼란과 두려움을 느낍니다.
그대는 평소보다 조금 일찍 와 있었지요.
여전히 말 없는 그대 입술
말하지 않아도 다 알아요.
내게 인연의 끈을 놓아 달라는 것이겠지요.
올 때 그대 마음대로 왔으니
갈 때도 그대 마음대로 가겠다는
그런 뜻이겠지요.
잊어 달라는 이 한마디 하려고
입술 꼭 다물고 있는 것이겠지요.

그대가 일부러 말하지 않아도

나는 그대 마음 다 알고 있습니다.

가난한 자의 사랑

그대를 사랑한다면서
내가 할 수 있는 일은 아무것도 없었습니다.
처음으로 깊은 절망을 안아야 했던 그때
나는 사랑도
가난 앞에서는 어쩔 수 없다는 것을
입술을 깨물며 깨달았습니다.

그랬습니다. 그대는
음습한 방 한 귀퉁이에서
속을 찢는 듯한 통증에 절규했지요.
입으로 그토록 사랑한다며 떠들어대던
내가 할 수 있는 일이란
그저 곧 괜찮아질 거야
이 한마디만 반복하는 일뿐이었습니다.
가진 자에겐 아무것도 아닌
몇 장의 지폐가 그대와 나를,
우리 사랑을 갈라놓고야 말았습니다.

그대와 함께 거리를 걷고

영화를 보고 차 한잔 마시는 것이

사랑의 전부라고 믿었습니다.

그러나 그대와 함께한 시간보다

더 긴 시간이 흐른 뒤에야 깨달았습니다.

가난한 자는 사랑을 나눌 수는 있지만

정작 얻을 수는 없다는 것을…….

알고 있었지만 끝까지 저버리고 싶었던

이 하나를 얻기 위해

나는 끝없는 절망의 산을 넘어야 했습니다.

나는 끝없는 슬픔의 강을 건너야 했습니다.

세상에서 가장 슬픈 이야기

그동안 나는 가슴 한구석 아려오는
영화만 보았습니다.
굳이 멜로 영화만을 고집하는 건 아닙니다.
액션이나 코믹물 같은 영화를 보고 나면
남는 건 웃음밖에 없지요.
웃음 뒤에 다가오는 허탈함을 채울
무언가가 없음을 잘 알기 때문이지요.

생각납니다.
영화가 끝난 뒤 모든 관객들이 빠져나가고도
한참을 그 자리에 앉아 있던 그대
그대가 무슨 생각을 하고 있었는지
속눈썹에 이슬방울 맺힐 때
나는 그저 말없이 그대 옆자리 앉아
가만히 어깨만 감싸 주었지요.
무엇이 그대를 그토록 서럽게 했는지
한참을 그렇게 엎드려 있었습니다.
영화는 끝이 나고 관객은 사라지고

그대와 나만 남았지요.
나는 그때 깨달았습니다.
때론 소리를 죽이며 우는 것이
소리 내어 우는 것보다 더 슬프다는 것을.
사랑하는 사람의 우는 모습을 지켜본다는 것이
얼마나 가슴 무너지는 일인지
수십 번 나를 죽이는 일인지…….

영화는 끝난 지 한참이 지났지만
그대와 나 누구 하나
그 자리를 떠나는 사람이 없었습니다.
그날 보았던 영화 속의 슬픈 이야기는
아직도 진행형인 내 사랑입니다.
내 마음속에는 아직도
한 남자가 사랑하는 여자의 우는 모습을
가만히 지켜보며 앉아 있습니다.

아름다운 시절과 첫사랑

만만하게 여겼던 세상이 바위처럼 보일 때
귀퉁이 해진 사진처럼 친구들과 포장마차에서
가끔 술을 마시던 기억이 납니다.
모든 것을 대신해 줄 순 없지만
나의 등을 두들겨 주며 술 한 잔 건네던
따스한 기억이 바람에 언뜻 스칩니다.
공부보다는 예쁜 여학생에 더 관심이 많았고
술을 한번 마시기 시작하면
무슨 명예인 양 게워낼 때까지 마시던 그 시절,
이젠 닳고 닳아 더 이상 접을 수도 없는
나의 아름다운 시절이 문득 그리워
밤하늘의 별을 바라보고 섰습니다.
이젠 어른이라며 마음 독하게 먹지만
자꾸만 밤하늘의 어린 별빛보다 더 여려집니다.
이른 아침에 집을 나서
다시 집으로 돌아오는 늦은 밤,
나처럼 서럽게 반짝이는 별 하나가 궁금해집니다.
서러워서, 그리워서 상처만 덧나 눈물뿐인 별,

나를 닮은 별 하나가 안쓰럽습니다.

내 주위를 배회하는 긴 그림자보다

더 긴 그리움이 이 밤을 환하게 밝히나 봅니다.

강줄기처럼 뒤틀리는 세월 속에

든든한 친구들처럼 등을 두들겨 주는

나의 아름다운 시절이 있습니다.

이젠 닳고 닳아 실바람에도 부서지는

첫사랑이 있습니다.

쉽게만 여겼던 세상이 바위처럼 보일 때

언제나 나에게는 아름다운 시절이

너무나 그리워 스스로 부서지는 첫사랑이 있습니다.

그녀와 헤어지고 돌아오는 밤길은

그녀를 만나고 돌아오는 밤길은
언제나 한숨만 가득한 절망입니다.
차라리 그녀를 만나지 말았더라면
이런 생각만 되뇌다 집에 돌아와
일기장에다 끝없이 '사랑한다' 적어 내려갑니다.
중요한 순간에 뜻하지 않은 일이 생기듯
그녀와 나 사이에 기쁜 일보다는
도리어 슬픈 일이 더 많은 듯합니다.
늦은 밤, 막차를 타러 뛰어갔지만
언제나 막차는 떠난 뒤였습니다.
그녀를 만나러 가는 길은
세상에서 가장 힘들고 행복한 시간입니다.
그 시간 속에서 항상 나는 그녀에게 고백해야지,
사랑한다 꼭 말해야지, 수없이 맹세하지만
막상 그녀 앞에 서면 내 사랑은
언제나 부끄러운 침묵뿐입니다.
그녀가 짓는 표정 하나하나에 내 몸의 세포들은
슬퍼하기도 행복하기도 합니다.

꽃이 지듯이

언젠가 내 사랑도 노을처럼 슬프게 물들 것이라는 것을 알지만

지금 내가 그녀를 위해 할 수 있는 일은

그저 그녀가 웃으면 웃고

그녀가 슬퍼하면 함께 슬퍼하는 일뿐인 듯합니다.

그녀와 헤어지고 돌아오는 밤길은

언제나 한숨만 가득한 절망입니다.

그녀를 사랑하지만

조금씩 그녀와의 이별을 아프게,

슬프게 받아들이는 시간입니다.

그녀와 헤어지고 돌아오는 밤길은······.

조금만 더 천천히 사랑했더라면

그녀를 보내고 혼자 걷는 길에는
햇살이 그리움처럼 터지고 있었다.
눈부신 햇살이
서녘 하늘을 붉게 물들이듯
떠난 그녀는 내 마음을
온통 핏빛으로 적시고 있었다.
그녀를 떠나보내고 나서
후회는 눈물처럼 흘렀다.
그러나 어쩌겠는가.
사랑은 이미 산모퉁이를 돌아 보이지 않는데.

조금만 더 천천히 사랑했더라면

조금만 덜 보고 싶어 했더라면……

그녀를 떠나보낸 뒤 남은 것은

벗어 버리지 못할 그리움뿐이었다.

어느덧 날은 저물어 어두운데

내 사랑은 몇 해가 지나도 저물 줄 모르고

그녀를 보내고 혼자 걷는 길에는

햇살이 그리움처럼 터지고 있었다.

비가 내리는 날이면

아무 일 없다가 비 내리는 날이면
내 마음은 빗소리만큼이나 바빠집니다.
연인들은 이런 날, 감상에 젖겠지만
나는 그칠 줄 모르는 슬픔에 젖어듭니다.
세상 곳곳에 떨어지는 비처럼
나는 그리움 한 장 꺼내놓고
그녀와 걸었던 추억을,
어딘가에 서성이고 있을
내 사랑 생각에 눈물짓습니다.
그리움을 노크하듯 떨어지는
모든 빗방울들은 말이 없습니다.

그대와 보냈던 시간들
어디 맑은 날 있었던가요.
온통 축축하게 흐린 날뿐이었습니다.
살짝만 건드려도 신음 소리 내는 상처밖에는…….
그러나 그녀를 만나는 동안,
그녀를 사랑하지 않았던 날 없었습니다.

비록 그녀와 사랑했던 날 동안 맑은 날 하나 없었지만
나에겐 한순간도 잊을 수 없는 소중한 시간입니다.
한 번 내리친 곳에 번개가 다시 치지 않듯이
그녀와 함께 걸었던 그 시간 속으로
다시는 돌아갈 수 없음을 압니다.

행여, 내 사랑이 조금이라도 모자랄까 봐
나의 마음은
그녀의 별 뜻 없는 시선에도 풀잎처럼 떨었습니다.
그녀 앞에서는 이슬비에 젖어 떨고 있는 은사시나무 같았지요.
비가 내리는 날이면
내 마음은 세상에서 가장 바쁜 발걸음이 됩니다.
축축한 추억 길을 다 걷고 있습니다.
가도 가도 끝없는 그 길을
그녀 없이 혼자 다 걷고 있습니다.

그대는 모릅니다

사랑은,

나에게 있어 사랑은

언제나 무지개 같았지요.

순간, 찬란하게 떠올랐다가 사라질…….

그 언젠가,

사랑을 안다며 큰소리쳤던 적이 있었습니다.

지금 돌이켜보면,

사랑에 대해 참 무지했다는 생각이 듭니다.

모르기는 지금도 마찬가지이지만…….

그대의 별 뜻 없는 미소에

내 마음은 한없이 행복하고,

그대의 별 뜻 없는 차가운 한마디에

내 마음은 목석처럼 얼어붙고 말았지요.

그대는 모릅니다.
꽃은 떨어지면 그뿐이지만,
잎은 다음 해까지 낙엽으로 서성인다는 것을.
내 진정 그대를 사랑하는 마음,
세상 누구에게도 지지 않겠지만
이따금 그대에게서 불어오는
찬바람에 조금씩 꺾인다는 것을.

나에게 있어 사랑은,
심하게 내리는 우박과도 같았지요.
별일 없던 내 마음을 짓이겨 놓고는
순간, 그치고 마는…….
그래서 언제나 내 마음속에는
그리움이 푸른 멍처럼 들어 있지요.

단 하루밖에 살 수 없다고 해도

시린 아픔 다 견뎌낸 뒤에야
꽃은 활짝 피어난다지요.
비록 잠깐 동안이더라도 만개할 수 있는
꽃은 얼마나 행복할까요.
이런 반면에 세상에는
만개할 수 없어,
내내 가슴만 태우다
스스로 땅에 떨어지고 마는
슬픈 꽃도 있다지요.

아픔, 슬픔, 기다림이라면
세상에 오기 전에 충분히 견뎌냈을 테지요.
지금 살아가는 이유가
그 무엇도 아닌
그대와의 사랑을 만개하기 위함이란 걸
정작 당사자인 그대는 모를 테지요.
단 하루밖에 살 수 없다 해도
꼭 이루고 싶은 게 있다지요.
고달픈 내 사랑도,
화단에 심긴 꽃처럼 만개할 수 있다면
나는 행복하겠습니다.

미치도록 그대가 보고 싶다

별빛 소리 가득한 새벽,

그대에게 편지 쓰는 일은 즐거운 일이리라.

내 사는 일이 그대를 사랑하는 일이 전부인 양

하얀 종이에 그대를 향한 사랑

끝없이 써 내려가네.

별이 떴다, 지고

낡은 책상 위에 수십 장 구겨져 있는 하얀 종이들

그 위에 수북이 쌓여 있는 그리움…….

세상에서 가장 힘든 것이 있다면

그것은 사랑하는 이에게 하는 고백과

그 고백을 들어준 사람에게 쓰는 연애편지일 것이다.

나는 이제야 알 것 같다.

사랑에 눈먼 사람들의 새까맣게 타버린 그 마음을…….

지금 꽃향기 같은 잠에 빠져 있을 한 사람은 알까

내가 쓰는 이 편지가

그대가 찾아 준 희망과 믿음과 행복 속에서 쓰이는

세상에서 가장 아름다운 내 마음이라는 것을

끝없이 질주하는 내 사랑이라는 것을.

그동안 내가 가진 슬픈 기억들은

꽃 같은 그대를 만나 기쁨과 행복으로 채색되네.

책상 위에 수북이 쌓인 하얀 종이를 보다가

미치도록 그대가 보고 싶다.

누군가, 절망 속에서 피는 꽃이 있다 했고,

나는 그 꽃이 바로 그대와 나의 사랑임을 믿는다.

가을은 사랑하기 좋은 계절이다

초판 1쇄 인쇄 2017년 8월 28일
초판 1쇄 발행 2017년 9월 8일

지 은 이 **김태광**
펴 낸 이 **권동희**
펴 낸 곳 **시너지북**
기   획 **김태광**
책임편집 **채지혜**
디 자 인 **박정호**
교정교열 **우정민**
마 케 팅 **허동욱**

출판등록 제312-2012-000040호
주   소 경기도 성남시 분당구 수내동 16-5 오너스타워 407호
전   화 070-4024-7286
이 메 일 no1_winningbooks@naver.com

ⓒ시너지북(저자와 맺은 특약에 따라 검인을 생략합니다)
ISBN 979-11-87532-91-0 (03810)

이 도서의 국립중앙도서관 출판도서목록(CIP)은 서지정보유통지원시스템
홈페이지(http://seoji.nl.go.kr)와 국가자료공동목록시스템(http://www.nl.go.
kr/kolisnet)에서 이용하실 수 있습니다.(CIP제어번호: CIP2017021743)

시너지북은 독자 여러분의 책에 관한 아이디어와 원고 투고를 설레는
마음으로 기다리고 있습니다. 책으로 엮기를 원하는 아이디어가 있으신 분은
이메일 no1_winningbooks@naver.com으로 간단한 개요와 취지, 연락
처 등을 보내주세요. 망설이지 말고 문을 두드리세요. 꿈이 이루어집니다.